夜鸟穿上鞋子旅行

——八首集（2016-2019）

青年作家文丛

小葱 著

河南文艺出版社
·郑州·

图书在版编目（CIP）数据

夜鸟穿上鞋子旅行：八首集：2016—2019/小葱
著．—郑州：河南文艺出版社，2020.9（2022.5重印）
（青年作家文丛）
ISBN 978-7-5559-1059-6

Ⅰ.①夜…　Ⅱ.①小…　Ⅲ.①诗集–中国–当代
Ⅳ.①I227

中国版本图书馆 CIP 数据核字（2020）第 144863 号

策　　划　李　勇
责任编辑　张　阳
书籍设计　小　花
责任校对　陈　炜
丛书统筹　李勇军

出版发行　河南文艺出版社
本社地址　郑州市郑东新区祥盛街 27 号 C 座 5 楼
邮政编码　450018
承印单位　河南龙华印务有限公司
经销单位　新华书店
纸张规格　890 毫米×1240 毫米　1/32
印　　张　6.375
字　　数　125 000
版　　次　2020 年 9 月第 1 版
印　　次　2022 年 5 月第 3 次印刷
定　　价　50.00 元

编委会

自序　我也是富有情趣的人

清少纳言说："凡是在夜里叫的东西，无论什么都是好的。"

那么，我是不是可以认为，凡是在夜里不叫的东西，统统是不好的；或者说，天下生物皆良善，全部宇宙都在叫；又或者，叫着的那些好的东西，打碎了坏东西们的沉默不语和这世间暗黑的秩序。

现在，我知道自己快要入梦，至少四五分睡意。窗外无月，心中的月亮却高悬如镜，映着草丛中的积雪，爱犬丑丑欢快地在铺满月光的雪地上细嗅梧桐叶，那是黄昏美人身上的余香，可追忆，可幻想，可一晌贪欢。

生活中，无聊的时候居多，也不是没事做，只是单纯觉得无趣，清凉的空气很无趣，灰色的雾霾很无趣，写诗为寻合适的词语伤透脑筋很无趣，剧中的男神看得见摸不着更是无趣。我发现，丑丑无聊的时候，就玩一个红色的布娃娃，满屋子追逐，发泄少年的精力，它快一岁，已经习惯了作为一只不能恋爱、不能看书、不能于山林中自由奔跑的狗狗的无趣。一般是这样，我们两个都无趣的时候，就大眼瞪小眼，人说人话，狗说狗语，听不懂，散去，继续着各自的无趣。

我也常去追忆过去，鄙视现在，半夜发朋友圈刷屏，分享给个别人看，如同寄去裹着陨石的信札，又生怕地址疏忽有误，被他人窥视，故意加了特殊标签。久之，此爱好成习惯，遇事都要说几句感言，唠叨个没完，却自动忽略了对方是否会厌烦，忽略自言自语长久得不到回应后，又去哪儿造那么多朝露暮雨一样新鲜的话题呢？所以，最后无非发展成写给自己看，记录生活的流水账，记录抽刀断水的小伤感，记录欲赠英雄的金错刀生了锈；而公开的那些是演给别人看的，浮云仰止，千山独行，留下不必相送的潇洒背影，如此罢了。

星座大师语录：摩羯座白天是神经病，晚上是林黛玉。我对着镜子挤眉弄眼照了许久，确实有点儿像，比如偶尔闹情绪、作。我曾痴痴地想，不知是谁发明了星座，理论依据又是什么，对照分析下来，竟有些准。其实，西方和东方的神很相像，主管的权限也接近，他们是同事吗？彼此相识吗？或者就是同一个人、曾用名的关系。希腊神话中摩羯座的神是牧神潘，是创造力、诗歌和性爱的象征，也是恐慌和噩梦的标志，这个星座被称为"神仙之门"，从名利是非中解脱出来的人，灵魂可以经此登上天国；在中国的星座系统，摩羯座属于牛宿天区，就是"月出于东山之上，徘徊于斗牛之间"的那处地带，不知道七十二星君中的哪位在这儿任职，若我想去拜见他老人家，需要穿越两万多光年的距离，微信运动的步数统计，会直接累瘫，这是件多么有意思的事呀！嗯，以后微信加好友，接头暗号先来一句，您来自哪个星座？

　　这话问多了，肯定也是无聊的。曾经看《太空救援》，关键时候解决问题的，还是最原始的那一锤子，比高科技管用。所以，当无聊找人说话，对方没回应，就必须给一锤子，使劲敲下去，不管他是不是在忙，是不是会敲出什么后遗症，自己先痛快了，然后隔天大吃大喝一顿发泄，也就痊愈了。谁让我是摩羯座呢，女神经和林妹妹合体的摩羯座，喜欢在夜里叫的好人，比子规拥有更多寂寥的残月晓风。

　　清少纳言又说："望着明亮的月光，怀念远方的人，回想过去的事，无论是烦恼的事，高兴的事，有趣的事，都同现在的事情感觉到，这样的时候，再也没有了。因月光想念前情，拿出虫蛀的蝙蝠扇，吟咏'曾经来过的马驹'的诗句站着的场面，却是富于情趣的。"

　　无可否认，我也是极富情趣的人，适才在幻想出来的明月下站了很久，很久。

　　因此才有这些诗。

2018 年 1 月于牧野

目　录

卷之一　蔓草（2019 年）

卷之二　梦忆（2018 年）

卷之三　蜜语（2017 年）

卷之四　雅格达（2016 年）

卷之一　蔓草

（2019 年）

木星上读到这首诗八首

夜鸟穿上鞋子旅行

夜鸟穿上鞋子旅行，翠竹制造木排，
谁给我戴上镶嵌着星辰的发饰。

他短短的胡须，琴键般的牙齿，
黄皮肤？也可能是个瑞士人，意大利人。

水手，或三流画家？
太奇怪了！唔，我要把所有的梦再做一遍。

但是，请问这梦是什么意思？
他们都和你一样，伸出温软手掌。

——真的醉了啊，我要卧倒在
冬天的沙发上，喝春天的酒，忆夏天的你。

大海与少女

1

如果一首诗可以重新回到
我的少女时代，我将选择与你生活在
大海蓝色的绸缎上。

我们从早晨醒来，便拥有一片蔚蓝。
——清凉、生动、闪烁着波光的水域，
像蓝浴巾，裹在彼此身上，
安静又温柔。

我们并膝坐下，以某个裸露的岩石为桌。
——圆圆的早餐饼，是染色的朝阳，
被我或你，轻轻托起，
海鸥的歌唱，从地平线传来。

特别是夏天，阳光下，天空蓝得多么盲目，

多么梦幻，白云如童话里的鱼。
——这时，你会低头看我，吻我，
你说，我的少女。

可是啊，到了我们这般年纪，
爱情妥协于现实的距离。
——我只能回忆，曾经与你从海边经过，
只是寄出过贴着蓝色邮票，有咸味的信。

2

从黄昏的漫步开始，
想了许多，关于你，关于世界和海的尽头，
关于我的少女时代就这样虚度过去，
我还没有来得及，与你共听潮汐而同眠。

多么遗憾，我虚无的影子留在岸上，
感受着搁浅的贝壳身体内的回音。
捡起又能怎样？那水中烟云，
即将升起的夜色，来自晚霞之下鸥鸟的暗示。

看，世界被关进星星的窗内，海的尽头即是
语言的尽头。唯有你一直居住在我内心

湿漉漉的孤岛，从未驶出。
——总有一天，我要在道旁植满合欢树。

我倾听到的每一小朵浪花，
都是想念的碎屑，痛苦的书，
是磨损了地址的闪着微光的信，
它们在黑暗中碰撞，自由流动。

直至进入街边公园，我注视
坚硬的石头，绿色天鹅绒一样柔软的草坪，
没有遇见邮差。——而这封信，
在未来重复的日子里，依然平凡而沉静。

3

夜晚。巨大的海浪，笑或哭泣，
闪电停，万物以光明开始，
以黑暗结束。

我站在海湾的窗前，光打在脸上，
又熄灭。腥味的树叶颤抖，
像傍晚渔船带回来的瘦带鱼。

雨落入海。一切形式上的礼节都省略，
大海啊，欲言又止。风的琴弦不敢弹响，
这人世的相逢恨晚。

旧时光是鱼吐出的泡沫，
若隐若现。往事倾吐，
想念化身为长着翅膀的红珊瑚，或一封长信。

此时，我看不见码头，
看不见船桅，看不见欢聚与离别，
置身虚无之境。

深誓

近来总梦到你，
这场冷战，从小房子外的蜡梅
到郊外野蒿，星空肃穆，
无一幸免。

深誓如杀戮，我偷走你记忆，
和死叶上走过的
脚步声。
怎能忘断呢？
此时邻村的集市空地上灯昏鸦静。

一旦超越了想念你的道路，
我将安享这个雪夜。

谜境

我虚和实的梦境，

没有沙砾显示，有人来过。

镜中，由接骨木、牛油果

制造的抗衰老护肤品，都是空中楼阁，

如你写的水上愁字。

去年赠的玫瑰，

盛开在城市阴影的胸口。

想起，那慌乱中，丢失了一只鞋的夜色；

荡入黑暗的你和我；涌进纪念日的云朵，

都不复返。

"你解不开这谜，虽你再三琢磨"[(1)]。

——你走下楼梯时，也许我在黎明独坐。

注：（1）引自爱伦坡《乌鸦》。

音讯

纷飞，长寿花的眼睛
向窗外。霾色，更接近饥饿的虚空史。

我在传统抒情内打坐，蜡梅的假泪，
那些小水滴，河南又飘雪了。

桌角，水瓶座的小泰迪，
发出甜美的鼾声。

想你倚在南方的诗中，
任我系念，却没有对稠密的空气倾吐片语。

终是没有一张地图，可以延展进你心底，
无梦之躯体内部。

没有一面镜子，让我窥探
你的沉默，"让一瞬说出一句忠实的诺言"[1]。

我们呀，刻意逃避的现实生活，

不堪一击，时刻都要冬眠。

注：（1）引用狄兰·托马斯的诗句。

无终

我观看了电影《流浪地球》。
可怕的预言！比和你分开的这段生活，
更焦虑不安。我知道，
会与你重修旧好，但鹅毛大雪带着地球
去流浪，让这个新年都受了惊。

我们这一生，不应该
消耗在危险、离别和对未知的恐惧里。
偶尔去极北坐坐雪橇就好，
白狐、海豹、北极熊，
是萍水相逢的朋友，而非长久的邻居。

这夜，由多个有趣的梦组成：
考飞船驾照；
在油灯下计算、涂改新房子的设计图；
冰雪的颜色呈天蓝色；
你回来，说了几句俏皮话，
热烈拥抱我，

好像庆贺未来某一天，

人们已在木星上读到这首诗。

呓语

我正走在小女贞
目光的岸，刚刚补完一颗蛀牙。
枝上雪，
与门诊仪器灯下的牙齿粉末，
白晃晃的，像要安睡，从人间隐了去。

像赵定河畔的针叶和松果，
身体里滑行着寂静。像曾经说过的话，
那些虚影，
缓缓自水面漾开，牵引我走进
黄昏，和弦的褶皱之上。

——想到你，我就慌乱，又要掉进
牙齿的虫洞，不顾一切，向往事深处疾驰。

麻雀说

它们指着矮牵牛起誓：
真的看见他，怀揣我的诗句，
在水边通宵站立。

他表情凝重，好像要走入，
那首诗的最幽微处，一个紫色的王国。

也许在嵩山八首

他有最孤独的明亮

清晨，睁开双眼，
光停在睫毛上的刹那，感知到：

我有一段情，待境而生，
也许在巴黎，也许在嵩山。

幻象

当时，你在看古老石碑上模糊的曲线，
我却觉得远如一场幻觉。

仿佛昨夜牵手，踩到的灰蝉和听闻的蟋蟀声，
是闷热的基调，虚无的误区，
只能用来把另一个更孤单的自己装满。

等等吧，也许被光拨乱额前头发，
我就能轻盈地捡起，这些好看的欢愉
的碎片。

七月末

——赠张丹

有人离开汴梁，在飞机的耳垂、
座椅的脉搏中休眠；
有人途经我的站台，
从裂开的光中，抬起脸。

有人醉酒，被拐到迷境，
印上一排齿痕，成为渗出蜂蜜的玉米；
有人传递北戴河的照片，
那么多水母，宛如月亮死在海岸线。

有人忽然梦见鲲鹏，
在窗外梧桐树的手掌上写情诗；
她叹息，七月末的庄周并非蝴蝶，
而是个精灵样的女子，小秘密如此动人。

花事了

这场急雨，可抵旧邮件一捆？
这番落叶，唯矫情又增几寸。

你不言语，荷塘便一池败落，
情感的镜子内风烟俱净。

午时，不愿说话。榨菜肉丝面上
绿生生的荆芥，一个恍惚错看成荆棘。

（我要做件无趣事，
给通讯录开展瘦身运动。）

你不懂，木槿被雨淋湿的小心脏，
像庭院空地那华梦的轮廓。

蝴蝶陷阱

我要那玫瑰睡眠
另一端的你，深入蝴蝶的陷阱，
没有爱情的诗人，
像死去的花纹，长着模糊的脸。

细节等待填充，
闪电的微词也要被允许，甚至扎眼的错误，
都是鲜活的星群，我想醉在
你身体内，任性地饮尽蓝色银河之酒。

是的，无常的世界总会完蛋，
远方木星已经偏离，
我希望，浮萍风暴发生在见你之后，
关于我们的这首歌，不是易逝之音。

嵩山记

你呼吸，起伏似窗外峰峦，
我风琴之手，轻轻潜近流云，
弹响，横亘在我们之间
缠绕的嵩山，灿烂的蜀葵。

一场与禅有关的音乐会，
正从雨的线条上飞离，
大片水雾，汹涌闯过，
嵩阳书院的石质地图，吻上凉凉的唇。

——感谢这盲目的夜晚，
漫天水晶……远离城市喧嚣之地，
所有人都是精灵，是象征，
即使明天，我回到人群中，你亦不知所终。

慵懒是我常态

天上云描绘他影像，
虚无又不能散尽。
怎那样远？隔着黄昏刻度尺，
废弃的瘦木船，荫影栏杆。

赵定河的嘴唇从未细嗅过，幽会中
小麻雀的气息。野蒿和青骢马，
快带我飞出太阳系外行星的轨道，
看清未来的每一站。

玫瑰色晚霞灼热，
夕阳温柔，我要把它接住。
——闲坐桥头，同水底森林一起等待访客，
揣测我在他心中，可有波光一闪？

玄鸟之翅

你突然生出厌倦感，
地面上，阴影摸遍胖脚丫的掌纹，
似着了魔。——前世的来处
也许在歧路，
凝重面容和一对分裂的玄鸟的翅。

酒店窗外，燕子不悲鸣，
立秋后阳光沉降，
你看不见，
或者说不愿意看见，没有什么
比漫无目的，更像一节惊艳的分行。

远方人跃过礁石，发来照片，
你喜欢他认真做事的模样，更爱极
那几分水柳的颓荡，
巧合的是，他也刚好在念你。
——眼前的平原，翠绿漫溯，
那些无法诉说的，怎样都结不了尾。

蔓草八首

晚安

晚安，木质建筑，石头雕塑，
政治，文明，人类，月球，黑洞。

晚安，失火的巴黎圣母院，
毁灭消逝中的美。

晚安，一些动词，另一些名词，
和夹生的形容词，轻灵着，排排站。

晚安，我将造出与谁有联系的句子？
如那窗外嫁接的月季浓绮。

晚安，远方的你，
灯下的我。

管不住的蔓草

墙纸上的叶子，悬空而立，
她困在积云的房间，记忆开始漏雨。

你背影，出现得正合时宜？
欢愉的眼睫像浮萍的绿。

想象黑暗角落，有一个
神安排的小天使在值夜班。

没有什么修辞，可形容
倾国的理想。她闪烁着迷人的天真。

你以何物换取？她写过的诗，
任性如野中蔓草。

草莓心

早醒，无所事事，
我猜楼下的那树玉兰还在微风沉醉的梦中。

层叠的花朵，像腰间减不掉的往事，
我要代她，用汉语向世界问好。

不知何处传来琴声，
伴着鸟的啾鸣，覆过筑着爱巢的长枝。

太阳洒出斜斜光线，停泊在我心上人的脸颊，
他的一缕卷发，闪着金光，欲破浪飞起来。

不管多么遥远，他总会回到这座城市，
轻轻取下美少年的光环。

他也有一颗春波碧草中荡漾的草莓心，
且早已与我交换，在那个多年前相似的清晨。

故人归来

——赠飞廉

用幽草为符号代表夏天，
分不清楚弧形喜悦，还是线形悲伤。
时有高温牙痛，暴雨眩晕，
以及阴云撕裂关税壁垒的新伤口。
——就是这么一副郁结状态，
沉默到不看报纸，不关心经济，
认为以上都是喉管里潜伏之梦话。
诸事如漂萍。现在真的很难看见，
这般奢侈的蓝天与白云，
仿佛那个从不希望女孩子深陷时事新闻的
故人归来，是唯一美丽的消息。

在我坠入绮梦之前

昏昏，弥漫于危险的空气中，
我捉不到它形体。

所有人都曾拥抱过这种时刻，
这曲线——哦，我想是的，毫无疑问。

顶楼的雷声，透着现代的古典性，
谁听得懂，谁译成文？

闪电擦亮了，
我最好看的丝绸睡裙。

调皮的夜雨小姐，
坠落绮梦之前，请不要涂黑我的鬓边碎发。

有所思

我若被星光击中，

会有什么从瓶身里掉出来？

也许是耳朵上的银环，

也有可能是一筐过期的情话。

足以诱骗你，似小鹿乱撞呆头鹅。

网购

蓝色满天星，一枝枝修剪好，
吹净浮尘，从圆弧形露台移向茶几。

阳光在花瓶边沿躺下，身躯摇摆，
像吃了几颗装着朗姆酒的巧克力。

所有人都午睡，
电梯停摆，旧事于寂静里浸泡。

我想想，以什么语气去倾吐，
环绕着楼房的小叶忍冬啊——

我该不该告诉谁，又赌气网购了
小年糕、桂花头油和两瓶很酸的阆中手工醋。

暗恋

而你，站在梦的水阶外，
一个人，一道光，
竟然可以这样温柔，
相比鸟儿
唱出的田园牧歌，更像要指引我，
指引我。

暗恋就是一个细节，
让我可以想到整个宇宙的关联。

修辞灯笼八首

自画像

她奇妙的任性，像苏轼，
在诗意喧哗的夜晚，举起修辞的灯笼。

——哦，这是摩羯座特质，
她羽绒服的袖口，飓风常常在那儿酣睡。

小浪底归来

我在星星街市买葱，
准备做晚餐，黄河仍在那厢咆哮。

——两个走动的黄皮肤雕塑，一个瘦些，
一个年长些，都把往事锈在沙砾徒劳的飘落中。

江心屿

再见了，城市的岸。轮渡，
这枚会说话的叶形通行证，接引我们，
驶向诗歌的岛屿。

光线很强，适合远离人群，
建一座明亮的花园，
或，在两棵巨大的榕树上筑屋。

诗神一定也这么想，他赤着脚
踏在水上，感叹"时间——是波浪，
而空间——是鲸鱼"⁽¹⁾。

龚纯兄亦恍惚了，一路都在勾勒
不同时光出现的诗人的脸孔，
把水边的绣球荚蒾当作他们。

沉默中，一片晚霞遮住我，
波浪和鲸鱼呀，谁是从流逝的瓯江，

捞起东塔和这首诗倒影的人？

注：（1）引用布罗茨基的诗句。

宝严寺

——致弘一法师

我们来了。折耳猫在暮春回到
晚晴楼，它苏醒的记忆，和钟声有关，
——而那人一去不复返。
山顶行驶着白云之舟，新日子
是旧时光的回声，穿过我们和僧人的影，
墙壁上，他的照片。
与平常一样，芳草以次第蔓延的方式，
赢得道路的外部，
我们绿色的诗句，在另一个世界
念出，古文，白话，或英语？
——湖光山色似当时，
人亦似当时啊！

我们眼底升起迷雾，
恍如多年前，在寺院的围墙外，
那丛低着头，谦卑的茅莓。

长安十二时辰

一片月游上鼓楼的鳃，

像是认出你，又忆起那年的谁。

你看见，便想去酒店前台，

借来觱篥，或尤克丽丽，

虽然明知没有，也不会弹奏，

只是徒劳一场，

但你仍然需要让自己安静，

把滚烫的旧事，变成一杯冰咖啡。

这时，一串书面语窜入头脑，

便有了风暴冲动，

不一定《长恨歌》，也许小说更合适，

——而你确定写不出来，

在不断与人告别和失去的有生之年。

孤独属性

你宁愿自己，
和这世界上许多具备孤独属性的，
山洞里的蝙蝠，
温柔享受宁静的考拉一样。

今天，帮助一只被遗弃的小奶狗，
寻找到新家庭，便开始思考人生的意义，
头顶镶钻的发箍，黑暗中不停地闪，
呼应某颗天上星。

民权林场

——赠李松山

你怀疑，永远走不出
这片光和槐树叶。
树木同时点头，
薄凉的夕雾，越来越肃穆，
燕子和松鼠，一到合影，便躲闪了。
同行者有个牧羊人，
口齿不太利索，面对遍地青草，
述说家中新诞的小羊，
他笑容里不断飞出庄子的蝴蝶，
向"豆灯一样摇曳的夕阳"
赠送礼物——那是一本诗集。
而你写作，却似迷途鲲鹏，
撞落无数辞藻的枝丫，也没有画出
天空形状，
一切绿焰，终将泛黄，
剩下背后寂寥和被描绘的自我。
"尽情吧。语言向复杂里写，
人往简单处去。"

　　——临别，你赠他猎户座的几颗星，

　　跳跳糖一样的友谊，击中率真之夏。

芒砀山梁共王墓

想象中暴雨，沿山壁凹槽倾泻，
万古愁化成万滴水，藏在人心背后。
在暗的白昼甬道里，你寻找自己的过去，
蛛网挂钟停摆，偷盗金饼的贼
成为导游词的一部分。

你看见《四神云气图》被切割走，
陶罐上微光的梦寐，夜夜复制，
朱雀的翅膀不能拾起旧事，
也不能背负裸露出地平线上这座
普通的小山——年轻的你抬起头，
提升着现代主义的眉毛。

芒砀山像个记录仪，将镜头对准你，
你冥思，希望得到更深的生命体验，
但除了与头顶渔夫帽的世界合为一体，
甚至不知道，该与谁握手说再见。

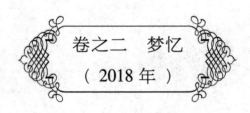

卷之二 梦忆

（2018 年）

杭州八首

余杭梦忆

阿里巴巴产业园上空的雨，
时疏时密。街道两端，
遍植清人黄肇敏诗中的灯笼树，
色彩如"云雨之山"⁽¹⁾的那块红石。

是了，时逢八月，烟霞桂子，
我来到这江南水城已半天有余。
食自助餐，昏睡一个下午，
梦见《山海经》中的大荒之地。

醒来，恍惚身在余杭，
搜索高德地图，距离西湖十几公里，
距离张岱四百余年，
和白素贞，隔了一个妖界。

注：（1）《山海经》："大荒之中，有云雨之山，有木名曰
栾。"

青芝坞

——赠韩高琦、张小末、李郁葱

去年象山之往事，若西湖未拨散的余晖，
被游人挤掉细小的鱼鳞。

我们，中年的渔夫，观察并客观描述，
季节交替时的冷与热、形与状，
在语言的诡谲中颠簸、撒网，借酒消渴。

遗憾，沪上未及作别韩兄，
杭城丹桂参差。倏忽哪儿飘来一树金色雨，
可视为地球旋转产生的眩晕。

嘿，穿过林风眠故居，我这个北方来客，
要去食醉蟹，见两位老朋友。

戊戌年秋的苏小小⁽¹⁾

——赠叶灵、丁晨

西湖上错落的花影，谁数得过来？
好像一个逃不掉的人，
必须带她远行。

那年，建筑低矮，她的亭
美得虚弱。天空也一定咳出绯色，
消失的城市和诗在松针间闪动。

看，沉默之水域，记忆之绿茵，
一帧剪影。云的马车涌动，
我们取走湖山的这一刻和所有。

风沙沙，犹如一场欲望苏醒，
我们对词语的野心，是阳光下几个褶皱，
晃动，微小，却那么耀眼。

注：（1）苏小小，南朝齐时钱塘歌妓。咯血而死，葬于
西泠之坞，即慕才亭。

我从断桥经过

钟声在北，荷花在水，
白素贞借伞，多可爱的小伎俩。

谁在秋末的微雨中，走过断桥，
就存着，她一样的心思。

缘分奇妙，弥漫着水气，
不久后将会变得清透。

那一天，有人收集树皮
老去的脸。有人重返十八岁。

而我"从断桥一望，
便魂消欲死"[1]。

注：（1）引自明代李流芳《西湖卧游图题跋——断桥春望图》。

穿黑衬衫的小晏

一群人在文一西路，古典的雨声中，
听顾彬讲《爱的哲学》。

德国人汉语流利。我做笔记，
一个个字，像风里散落的点点桂花。

烟水路，浮雁与沉鱼⁽¹⁾，那样远，
穿黑衬衫的小晏，撑着伞。

我想拥抱他了，想试试，
能否通过爱一个人来找到自己。

这欲言又止的水影，这隔着窗子
厚厚帘幔的江南，眼波流转。

注：（1）见宋人晏几道《蝶恋花》。

林先生

仙鹤口琴，
叫醒内湖和外湖，
小丛林鲜亮，云层有雨意，
林先生呀林先生。

风中汽车，风中高铁，
风中银色纸飞机，
这么多年，不止我独自徒步，
来此寻一枝宫粉梅。

我痴迷比特币的师叔，
我偏爱古典语言的诗歌同道，
走过一样的路线，
也曾在长凳上歇歇脚。

现在，这么美的孤山，
惊异于我，尽归于我。
——"依隐玩世，

诡时不逢。"[1]

注：（1）见《汉书·东方朔传》。

理想小镇的青年

——赠小书、石人、小雅、戴国华、小伏等诸友

我在理想小镇，你们快来，
一起浮夸，一起吹嘘自己是个有志青年。

背双肩包的老人，发似疏雪，
他会支持我，带领一只萨摩耶做急先锋。

之后，指挥太湖蟹横行，
点亮甜筒型火炬，占领越国或卫国。

你们快来，拥挤的人潮，
有人出生，老去，相遇，闪烁。

你们快看，章太炎故居，芸台书屋，
古老余杭塘河诱拐来的那枚落日，都积极地活着。

在观音桥想到的

把西湖和素贞，
托付给在图书馆追忆旧事的他。

断桥的弯曲在加剧。——重庆地铁下，
人满得可以新建一个巴国。

古代，此地巫师擅长占星术，
却没有体验过，转瞬千里，星辰在侧。

脸盲症患者，靠鼻子辨别
这飘着榴梿奶茶味黄昏的与众不同。

——再见何期？念头刚一闪现，
巫山云便飘到杭州去了，其形状如白蛇的腰身。

西蜀八首

杜甫草堂

气泡的阴影，有一搭无一搭地
敲打楠树下羞愧的旅人。

这一晚，她梦见草堂上的星空，
也是废墟的模样。

西南交通大学 （一）

——赠李商雨

雨的乐音，路灯灿烂下起伏，
小虫子伸着手臂向节拍外飞。

他拖着我从厄瑞玻斯处带来的
拉杆箱，向前走。
他说蜀犬吠日。
我拎闭合的伞，数帽檐坠落下来的珠箔，
多么透明啊，月球的碎屑。
我们都很专注。

偶有谈笑，
好像空中盘旋，尚未落地的秋叶子，
上面雕刻的一定不是诗，
也说不清楚为什么。
我们看着它消失，
在小雨和宿舍楼的拐角处。

西南交通大学（二）

——赠李商雨、周东升、陈玉伦

雨雾锁住超市和餐馆，
我们前往，边走
边看灵动的水花
在鞋边跳舞，与地面影子分离。

坐定，觥筹交错。
稍后，另一个人，会从
明亮家中赶来，
加入我们，聊成都天气和历史事件，
也聊新诗和它们的创造者。

直至深夜三点半，雨还没有停，
巴山蜀水更亲近
黑暗中出没、热情奔放的李商隐们。
——可惜明晨，我就要同他们告别，
像雨中悠然的灵感，潜入另一座城市。

阆中古城

这一天之中最后的光，被折叠在
归途。万物沉入黄昏而失语。

我们使用魔法术，缓缓解开
芭茅花的守望，抖落紫红色的线形波浪。

小云雀眼中的闪耀，诞生出彩笔，
涂抹山坡至少几遍，只为画出梦中的海妖。

银河地毯，不断地缩短，
绕嘉陵江几个来回？雅鱼在水底梳头。

我们的脸，也艳丽起来，
像刚刚告别过的，阆中古城墙下的三角梅。

凤凰山以及远方，向我们奔来，
紧紧簇拥——稍后，要和绿星星共进晚餐。

西充

——赠杨胜应

水滴，在眼中熠熠生辉，
我们看见彼此的车站。

看见这十余年未谋面的光景啊。
——青春的小尾巴已被捏断，
我们？又不是壁虎！

不如先坐下，慢慢话雨声。
让烤鱼的麻辣，像划过中年天空的闪电。

晚唐时的巴山，究竟怎个淅沥？
——是时候了，我们被餐桌上一片
醉了的葱叶变轻。

听懂回音中的隐喻又怎样？
那敏感的耳朵——还是不能救出
沦陷于诗歌中的自己。

广安小酒馆

——赠弥赛亚

窗外烟云的城市并不存在，
只有黑暗，唯一礼物。
——少年收下我木头的耳朵，开始唱歌。
我却流连昨天，
麻将演奏出的泉水叮咚。

我们的眼睛，呈蜜糖色，
为未来祈祷的风帆，停泊在里面。
谁会出现，驾驶它？
（绿岛屿飘散着《蜀都赋》中火锅的香气，
谁家小海妖，挪动椅子咯吱咯吱响。）

举起酒杯、露水和王冠，
光影从脸上闪过，
时间正离我们而去，留下琥珀的咸。
——是什么，是什么，
诗歌墙上，我们的新形象。

富乐山

亭子未被暮晚的深渊吞噬，
蓝色琉璃瓦上，红叶会有更深颜色。

另一道霞，缩回谁的体内？
大地仰卧，我们正鱼行通过它的肩背。

它深沉，犹如黑暗的内部，
又不缺失思想的色彩。

不能走散。我们都是勇敢的石头，
朝心中的明镜湖移动。

月亮转过脸来，树梢友好的
叶子，为我们而颤动。

一只胖蟾蜍藏身寂静中，梦见
神都的山水，殷勤地把幻境送到我们足下。

绵阳博物馆

几棵摇钱树，取走我的眼睛，
那惊愕。——树干上的凤鸟，踮起脚
停在影子的错觉上。

这些老树，小小玻璃罩内停止生长，
叶片外侧的细丝，好像太阳诞生出万缕光，
一只朱雀从方形天窗探出头。

飞起，跳跃，闪亮，
铜绿皮肤和舞动的肢体，树的语言，
我取出一部伟大的字典，翻译——

它们说：天堂的门卫，正在吃苹果，
闪电刺破果皮，果核笔划过登记簿，
两个世界，便有了清脆的联系。

卷之三　蜜语

（2017 年）

一位哲人即将诞生 八首

白鹭

从未看清楚过，让流水的皱纹破裂的
白鹭。它什么样子？也许是，
黄昏发来消息的老同学，伤感的背部。

我不认为一位哲人即将诞生，
那并不轻而易举，绝大多数伤痛，
最终归于沉寂。

反正我就是如此，拒绝随他一道坠下
回忆悬崖，他梦游似的半生只能
和昨天说说。昨天是校园内的一棵栀子树。

在我看来，昨天未必就比今天干净，
最后的最后，我们都完美地蒸发了，
再也不会有任何缺点。哦，那花香里的轻雾。

万物都是平凡的，生来便会经过低谷，

如同白鹭，重返湖水的阴影，

夹带着春天的新。

往常一样的云霞

像往常一样的云霞，靠近
浅睡的大陆时，
她正缩于沙发凹陷处，
啃烤焦的面包片就着蓝莓酱。

工业时代的朋克灯，在头顶守夜，
比男人的爱，更可靠。
墙、地暖、旧牙刷，纷纷喊什么？
小心空气的尖刺——

桌上挤满书籍，她只抚摸过部分封皮，
却坚信自己，有能力写出一部伟大的作品，
——而粗糙的现实，正被暴风雪卷起，
把她抱得更紧，冷冽又明光闪闪。

写诗的喜悦

水珠叶子上摇，如果抓住它——
但太难了，进入我的幻象和梦游。

同小泰迪丑丑，分享写出
有趣的诗的喜悦？No，no，no——

灵感似灯影下风信子，
也有可能，成为远去的车辙。

真是一个难忘的秋晨，
门外传来邻家小女孩撑伞去早课的声音。

——送外卖的人，在楼下打电话，
他不会写作，真可惜。

春夜

翻开书，食指触碰到，
蓝色墨水精心打磨出的波浪。

不用说，一本诗集，
黑暗里陪伴我。

如同浏览神秘萤火虫，
纸页上影子具有独一无二的光。

这足以让我安心。一个人在家孤单总会
跳出来，镜子和墙壁都知道，多么惊悚！

直到窗台上的鸳鸯茉莉，突然开了花，
远处传来电动车咳嗽的声音。

我原本以为糟糕的春夜，活泼起来，
世界并没有放弃运转聪明的头脑。

哦，朋友，我漂亮的朋友，

空气的镜子因你的到来映出繁灯。

笨鸟先生

—— 赠刘义

水池表面被月光击中的薄冰，
给漩涡之舌唱挽歌。

正巧有人在认真思考一川荒草的边界线，
和极夜哪个漫长。

向半生的荣枯示弱，听戴胜鸟叫醒倒影？
哦，不，他但求借用一下玻璃反光的想象力。

这么多年，曲折远不如一首借宿的小诗，
他偏爱轻逸的美学，刻意避开人群。

只因人群多有悲凉，只因他拥有
一条名叫语言的云舟，停泊在玉溪牌香烟上！

那玄机，我们也有

——赠缎轻轻、艾茜

山林幽深无限，雷达只顾转圈圈，
确定它不会头晕？或者说，
寂静被固定的动打破。

我们经过蛇形盘山道，
寒意袭入裙摆的最后一抹光中，
所有斑驳，缩短了对遐想的感知。

余光照不到叶子阴面，
无法触及缥缈又深情的秘密，
——那玄机，我们也有。

我们即将成为黑夜的一部分，
被渐起的烟岚，磨损锋芒。

星月上升至群山之顶，
诗歌节和德清县城，便小了。

风雨故人来

小雨中告别。我将如白昼见过的鸿雁，
从星罗棋布的盐池和风车阵上空飞过。
远处的闪电，刹那光华，瞬间黑暗，
我的翅膀发出惊雷的叫喊。
湿地上蜿蜒的栈道，今夜通向哪里？
另一端，旧友新朋仍在未知的街道边
饮酒，高唱"风雨故人来"。
谁会念我？转眼将回到中原。
——我还记得彩虹路指示牌的颜色，
我的行李箱内除了一捧流沙，
没有其他纪念品。

向晚

——兼致辰水

我们坐在蔓草上看云，

云太碎裂，给天空铺上一层盐粒。

身旁，河水茫茫，

时而喧嚣，时而低语。

这里，没有地域、乡音的隔阂，

时间悠悠向晚，丝毫未察觉，

萍水相逢的诗人们，

怎样交谈，合影，欢乐，自由。

我听见紫色的无名小花，盛开的声音，

恰如友情蔓延，诗篇已完成。

我是被创造出的神八首

烦人的墙

黑暗中的绿枝，截住烦人的墙，
喝醉的雨异常温柔。

——我绝不会吐露微云，
怎样经过赵定河，嵌入春夜的屋顶。

古典诗人

——赠刘康凯

书山上的石凳子，你坐，
长短句中的纠结事，我想。

做个古典诗人又何如？
只要能搭上高铁的速！

绿波载白絮，涌进你空酒瓶子，
入梦时，春色还未这般浓！

我们迟早是目送残月下楼的老年人，
现在星星阶梯的半途歇会儿，便生出许多伤感。

惘然录

鞋带松开，
时间并没有俯身蹲下。

互道晚安时，
群山如白色衬衫的皱褶。

因为迷恋一个男人

因为迷恋一个男人，我不断审视自己，
是否像银色月亮般完美又渺小。

不止一次仰望，哲学的月亮，
诗人的月亮，一切都幻生出新的意义。

灰蒙蒙雾霭，是连绵疆土，
为引他注意，我经常把自己钉在庭院，等待黎明的曙色。

一个又一个——黑暗背后藏着许许多多
怪兽，和我成为朋友。

有时候，我会幻想得到他宠爱，
变得骄纵，但更大可能是成为平庸的小妇人。

——所有光，都指向那扇窗。他会不会写诗，
无所谓，他就是诗歌本身。

他们认为，爱我一生的人尚未出现

神秘的星象学有磁石一样的吸引力，
慷慨的银河允许我随意漂浮。

也许，地球寄居在一个庞然大物的身体，
就像我是许多微生物的主宰，我是被创造出的神。

从来没人问过我的感受。此时，黑夜的好奇心，
更像我的，我们互相试探着岁月的深崖。

当我兴奋地告诉朋友们，无眠的长夜，
造物者送来礼物。

他们却一致认为，爱我一生的人尚未出现，
我需要一个丈夫，哪怕只是名义上，好听一些。

洞里萨湖

蟒蛇绕过小女孩脖颈，洞里萨湖的落日
被锁在花环里，路过此地的你也在船上摇。

越南人水面讨生活。你回返那一块金子
换不了一罐盐的高棉时代，肩部升起浓郁晚霞。

我与千峰告别

1

秋末的刺槐认真阅读，
古老风穴山岩壁上的曙色。

居士似的白云，鱼贯而行，
新的光，聚拢在他们头顶。

2

我与千峰告别时，
万物皆寂静。

那静，虚无又真实，
直向人身上扑。

雏菊

再说什么都无用。没有比过去式更尖锐的
憾事。若不信，看看水边的索塔，
那寂寞的重瓣的影。

旧夜已经过去，这一秒也将消逝，
我们为没有成为例外而懊恼，为一首情诗
的归属，深陷沉默的沼泽。

我执意以独白式叙述，不顾及
多数人观感，不捆扎比皱纹还深的涛音，
去锁住一小平方尺的自由。

春天还没有脱下外套，虚无
照在脸上，我们回到各自家中，
热豆浆，煎鸡蛋，一切如常。

唯一可以确定：伸出空空的手，

能感觉到的，仍是那朵小小的雏菊，

——风动时，它和我们一起，微小地战栗。

蜜语之琴八首

刹那

我要一个人度过黄昏，

然后，让星星们把我抬出去。

我要奉献给你，花床上的蜜蜂，

或一块胎记——在雪崩似的酒精觉醒之前。

晨读

清晨、大地、紫薇花，
未被夏天爱过？

宁静重新出现，平复着昨夜暴风，
她把躯壳放置在唯一的阳台。

面向阴云，将秘密和思考掷得更远，
它们属于大自然。

手中的书并不知晓，
偶然的欢乐，曾似蝴蝶误入平原。

她一层层剥开回忆，
遥远的事物，与花园及空气同在。

骤雨落下，没有那人的岁月山河，
摇摇晃晃。午后的一个梦，无处可寻。

早上好

彩色的云，蓝绿的海滩，
千星之城的轮廓铸成幻影的高栏。

（比外星人更模糊的你，
寄身昨夜虚无的梦国）

我和小狗从木桥走过，
晴朗的天气，开心不起来。

你可好，眉头可曾出现变化？
我还好，黯然尚未惊动池鱼。

看，沿阶草露珠一样清澈的心很快会消失，
水烛始终在弹奏顾影自怜的风琴。

我吻过的那些秋风，竟有一丝别意，
真希望一切早些过去，可以安静写一些东西。

但越是迷失，灵感越不肯进我的家门，
它成为草坪的客人，最终得到更多人喜欢。

我用双手捂住眼睛，以为看不见你，
嘴唇拒绝发出声音，以为想不起你。

幽秘的河畔

这一河之水，蜜语之琴，
唯有热恋中人方可鸣响，
只待与你傍晚携手，稍后共享晚餐。

无疑，我们将共赴一场盛宴，
在夕阳的杯盏旁，谈论双飞客⁽¹⁾的翅膀，

怎样穿越群山又回过神来。

或者说一些轻松又色情的——
我们几乎同时抵达，航班层叠在蔚蓝中，
遇见的那些积云，多像柔软的床榻。

注："双飞客"，出自元好问《摸鱼儿·雁丘词》。

敲门

落日金黄，变形的云尖叫，
坐在玻璃窗前，我的对面，
认识到一切克制都是徒劳：
远处古楼的投影，正闪动着初见的光辉。

窗外图画般，飞过几只白鹭，
也许是其他鸟类，朝发夕至的勇士。
陌生的河，很恰当地被命名为冥想，
"可符合虚构的可爱"？

树上木瓜，扑哧，笑出声来，
落进我怀中——突然有人敲门，
我还没听见自己的脚步
轻缓或急促，便已梦游状双手握紧了门柄。

我们画圈圈

从河的脖颈开始，向下游走，
身上印记是爱的译者的灵光一闪。

不具备免疫能力，
我们把语言组织得认真、热烈又极具想象。

希望触摸到更深的深情，被牢牢记住，
我们画圈圈，一遍遍，快活得像两朵自由的水花。

——窗外，岸上行人像散装的糖，
空气都是甜腻的。

没有谁注意到我们（除了纱帘、天花板，
以及最完美的十二月），头发湿漉漉，坐在沙发。

凌晨三点

谁在水边谈论盛夏？
晚来蝉声急促，
合体绣球荚蒾的浅绿色的香，
形成一条狭长轨迹。

我只想窥探花鸟的相处方式，
并不准备真的靠近。
失眠如同与恋人分离，坐立不宁，
他有乌夜的卷发，柔软的影。

他确实存在，星空也存在，
不管肉眼是否看见，手指能否触碰。
我拥抱分裂出的另一个自我，
我从未战胜过黑暗中的自我。

四季轮回，关我何事

我对着河水不停地比画。
（它不懂语言，却晓得手势）

水影里，多出的那条
执念尾巴，穿过层层光瀑，
惊走队列整齐的群鱼——
刻骨与铭心，正是我追寻。

故，不许看破世事，
不许逻辑清晰。
——我多么憎恨，
你挂在嘴边的理性的余晖。

就是要你决绝和放肆，
彻底至极致，
要你视天空如虚空，万物如无物，
要你如此地爱我。

夏说八首

寂寥的空枝

有时候，我怀疑他从未存在过，
他似暗夜的翠鸟，让我只听闻寂寥空枝。

我想以光速，向更深的丛林追，
又怕太主动，拨开云雾将已得到的情感磨损。

——目前，就是这种境况了，
他忙碌，我很闲，我们隔着一场迷路的秋雨。

夏说

不能坐在一起吃早餐，
我们被迫从汹涌的霞光中，
开辟出一条盘山路。

这会儿慢吞吞谈论起天气，
一部小说的开端，
事实证明，距离产生美与沟壑。

气象学不能阻止真实的发生，
我正绝望地坠入爱河，
甘愿被涟漪淹没。

我们，生来就是为了找到彼此，
像折返的倦鸟，飞行在不那么惊艳的云间，
不停发消息，告知位置和见闻。

了有痕

他在去加班的路上，
跟我探讨了一棵白菜的纯洁。

又说到深藏功与名，
语调得意得似我昨宵春梦。

他是赵定河电波带来的幻觉？
摸一摸，葱莲的花瓣存留朝阳的体温。

胭脂味的晨风绕过凉亭，发出回声，
真好看，那河边少年们奔跑的影。

他在千里之外，可惜不能看见其中哪个是
瘦的胡兰成，"睫毛像米色的蛾翅"[1]。

注：（1）引自张爱玲《小团圆》。

任性的雨

想你时，一个人在车水马龙的白昼，
撑伞，往草坪上丢小石子。

而负能量的到来，往往最壮观。

我在想什么

仅仅胡桃知道我想什么，
它的绿眼睛会发亮。

风收容了撕碎的纸页，
上面有一只独木舟画成的诗。

入海，入海，海是巨大的邮箱，
波浪把这一切涌向岸。

我想表达的想念，都在里面，
电闪雷鸣，以及延伸出的所有纷繁意象。

你若有相同频率的心跳，也是件美事，
为此陷入深深期待之中，我也在闪亮。

回应

风拂动花枝，温柔是粉红色的，
面具随光斑降沉，越来越低。

户外衣架上斜搭的纺织物，
轻轻地舒展，舒展，飘至……

那只在电线杆下晒太阳，
幸福的甲虫，并没有因抛弃烦恼而患得患失。

我听见玻璃碎的声音，清脆悦耳，
宛如音乐，亲吻着无形空气。

原来是你来了，按响沉寂已久的
门铃——

雨来了

飘进来，栖身墙壁的光，
只流连我……

醉意七八分，没断片，
舌头和一杯温柔的茶纠缠不息。

不开灯，遥远的情话
便是可以触碰到的温软的实体。

后来，齐腰深的云
在夜空中飘荡。

后来，我的朋友来了，淅沥沥敲窗，
用莫尔斯密码的节奏，他的安慰是潮湿的。

翠鸟带给我的想象

1

它停在芦苇上，
听水说话。

我倚在十四楼的窗台，
听自己说话。

我们都是艳丽的孤独者。

2

寂静落在我们的下巴，
成为黄昏的光源。

3

它贴水面疾飞，
衔出小鱼。

我能抵达吗，翡翠的南方？

风琴上住着繁星八首

风琴上住着繁星

赵定河忽而沉郁，
忽而伏在鱼鳍上打盹儿——

晚云和受伤的小麻雀，认真走动，
分开后的你我也一直都在努力生活。

谁会穿过早春？
余情像绿色烟雾笼罩着站台。

窗外那棵老香椿树成了精，说：
枯萎的不止手，嘴唇，街道……

我的风琴上住着繁星。此时恰好读到
里索斯的诗句："寂静是跪着的。"

雪中即景

我说灵感豹子遇见柏拉图的雪景，
素白无际涯，十四行云也描绘不尽。

可谁甘心坐窗边饮茶，孤零零炼句？
纸上字，融化着——

不如去堆个雪人儿，眉眼像你。

无题

今早醒来，急慌慌看时间，
原来小行星没来撞地球啊，
长舒一口气——

想到卞之琳提到的那颗罗马星，
废名赠诗里写的那两片多诗情的叶子。

而我的失眠，
肯定不是那颗擦肩而过的小行星害的，
也不是大大小小的叶子积叠的。

一念浪花

海上毗邻的两座输电塔，
端坐于浪花之上，
看鸥鹭低飞，
看天空孤阳一粒，
看安静的光，流连过往的桅帆。

——多么像我们，牵着手，
从岸边经过，默默无言语。

似乎在和我讲话

下午经过百货大楼，高悬的钟，
响了三下，和雨声融合一体，
它在暗示什么？静止、加速，
还是终结。

似乎在和我讲话。它从人群中，
发现并击中了我的恍惚。
——信使，信使，
眼前雨若是一杯杯酒多好！

谢绝地球上所有声音的关心，
我继续向前走。
——那人应和我想的一样，
简单、生动、明亮，这些关键词。

减法

当我引颈仰望夜空，
流星一样的雨无处不在。

用眼睛做标记，盯久了，
补色残像就会出现在墙上。

最好是你的影子，哪怕
几秒钟后消失。

相约梦境？那里不需要矜持，
保持距离的都是过去式。

一切来得如此迅速，
我还没准备好做减法，去了解一个人。

我还没准备好做减法，
便做加法，喜欢上一个人。

城市的雪刚刚飘起

我想象过无数次的告别，
应有青苔入镜，白梦虚掩，
空气中飘散着悲伤，
和雪花香气。

我们同时转身，一个面向光明，
一个踏入阴影。

巽寮湾

闭合眼睛，重现下午
无语的告别。不，我拒绝想起，
没有拥抱，如同星星的楼宇在夜空坍塌。

——我为谁而来，到岭南，
渔船喘息，荔枝半红，
它们都知道。

卷之四　雅格达

（2016 年）

弹琴的雅格达八首

夜读姜白石

唏嘘！——夜雪偏爱这单曲循环，
有何好法子？你默诵《暗香》，吃甘蔗，裂断假牙。

凉风拽着楼下电动车的尾，拖长河南音儿，
纷扬，纷扬——红萼无言，玲珑的念与思，从影中折射而
出。

致张庭酒

得旧书一册，扉页钤"张庭酒印"，页内有朱砂圈
点，搜其人，未果。

——题记

总能想到张庭酒，
这个三百多年前的男人，
我遍寻古籍，
没有找到他生平的一丝灰烬，
安静得好像从未存在过。

唯有我感觉得到他天生豁达，
饮酒自不在话下，
还精通某种失传久矣的乐器，
——当然，也可能，
除却用朱砂圈点诗文，他什么都不会。

这些并不重要。我和他的缘分，
就是在不同的时空，

翻阅同一本经典。

他不认识我，

我却遥望他，

天地外，尚有那寂寂，

荒了的宇宙，我这个强迫症者，

并不是单着的人。

多有趣，你好，张庭酒，

晚安，张庭酒。

你好，卡伦

我准备好了，
卡伦⁽¹⁾。不进入屋子，也不去看望，
同我家乡一样安静的格桑花。

四处寻找，微风中弹琴的雅格达⁽²⁾。
——我是如此需要，红豆之吻的肆虐，
以延缓新一轮的衰老。

——直到，被落叶松包围的黑桦林，
像我喜欢的那个下里巴男人，带着粗犷的真实，
不动声色地到来。

注：
（1）卡伦，位于黑龙江省漠河市。
（2）雅格达，大兴安岭野生红豆果，又叫北国红豆，当
地的鄂伦春人叫其雅格达。学名红豆越橘。

致意

我是天空小小拖拉机载来的乘客，
被雷电击倒，又插上翅膀复活。

江边红顶的木房子平放着秋天的身体，
白桦林用力舒展开青春的眼尾纹。

从俄罗斯飞来的鸥鸟，不需要护照，
准备好接受风的动心。

白云们躺在地平线上，等待我的抚慰，
可我只是一个外地姑娘，转眼就会悲伤地离去。

什么是陌生的安宁？就在这儿——
空旷的天地间，我低下眉头。

星辰的风暴停息，
蓝莓果凝着新鲜的平静，繁盛着大地。

途经达尔哈齐

恍惚中，从微颤的上铺醒来，
风一动，便陷入银色的幻想深丛。

远山坡顶的白桦树缓缓高过云梯，
无数星辰的微光被溪流弯弯曲曲地锁定。

万物都安详，这一刻，
更像真正的洪荒——没有人类和牛羊的生活气息，
也没热气浮起来。

唯有孤寂从草地往上长，又转过脸，
看着我——我们各自拥有成为创作者的方式。

凌晨三点二十分的达尔哈齐，目送我乘坐
绿皮火车离开，顽皮地数着挂钟的嘀嗒声。

星空下的滴落

不用野鸟点灯，风把隐约的环形山，
完美地献给秋天俄罗斯的
乡村油画，
——一切寂静，敞开。

快敞开，河滩上玛瑙石的清心。恒星繁密，
闪烁着纯洁的光，
希望也紧随而来，道路中央伸出一朵灵敏的
豌豆花。

漆黑的江水被桦木小舟捕捉，
——告诉我，会和一个怎样的人度过
此生？我已倦怠，尽了黑夜，
梦中相会后的雷霆。

风笛深情吹响远处，木刻楞房子内银色的月光，
穿过中年的玻璃，撞向披一身锦缎的山峰。

——美丽姑娘伊拉嘎，我们来聊聊天，

我爱他，如同你仰慕着白纳查。

用一生的悲欢去写诗

许多不看的书，被翻出来，
我为想不起它们前主人的样貌，感到内疚。

这些书没有签名，安安静静地躺在书架上，
成为灰尘的新宅。

随手翻开一本，作者是个故人，
临沧张雷。唉，他已不可能再为我题字。

不夸张地说，我曾认真阅读过，
不止一遍。后来常在下雨天，想起遥远的白云的友谊。

那时候我们不曾想到，会用一生的悲欢去写诗，
他实践了这一点，而我还行在孤独的隧道。

我缓缓地把它放进最边缘，
不醒目的位置，好像放回一封奇异的来信。

望京楼

1

沿青石踏步，
仿佛回到无梁殿的剑鞘，
仿佛我在此间锋利过，
失眠过，结交过
许多只反客为主的小麻雀。

2

我有可能，是清军毁掉的
那把木琴；是楼内，
被市井小民搬走做自家宅基的
某块明代石头，
那隐喻的斑驳和苍青。

3

我是从旧阶探出头的新草，
自先秦流亡至此的麋鹿，
静动之间，看见多少
"女子月经初来时给日光照着，
她将干枯成为一副骷髅"[1]。

4

我又是琴匣诞生的雕花，
远处郊野长满的利刺，
是潞王分不清楚的雾，或者霾。
——他在灰茫茫天空的挽歌中，
遥望帝都。

注：（1）"女子月经初来时给日光照着，她将干枯成为一
副骷髅"引自周作人《女人的禁忌》。

淑女的步调八首

致陌生人

每一个清晨都是光明的，除非雨下命令，
而变得昏暗。比如现在，
小雨让我们有一种陌生的欢喜，
——在运动场，迷失的鹿重新看见
树上长满野果，第六感的兴奋，
便从两肋间生出翅膀。

我摘掉帽子，像个绅士，缓缓拨开，
雨故意布置的场景，
联想并不一定合乎了谁的口味，
但我们确实互生信任，真诚地问候、聊天，
我开始倾诉，对一个偶遇之人，
低调地打开。雨颤抖着，低下安静的下颌——

星巴克

窗前的吊兰扭动着顽固的身体，
只有植物们知道，我曾用蓝色钢笔写下：
一条街道、一间咖啡馆，
一个走路倾斜的老妇人，撑着一把奇异的旧伞。

世上的单行者那么多，我只是其中
极速而来、不肯离去的同谋之一。
——原谅我的无音讯，瞧，我落魄得多像
画册上顺从的时钟。

明信片

喘息的热气球尚未降落，角落里的火焰，
仍有合韵之音，
若激情可以测量，腐烂不能逆转，
请，不要是现在——

对你的想念，已不足以让我迈着淑女的步调，
踩过漫长秋天的回廊，那落叶的琴弦，
拉长雨水的弧线。

晚祷

自分别，这个小城便有了不绝如缕的
虫鸣。阴影里客居的叶子，
被镜子遮蔽的月亮，
一次次把我的战栗，钉在天空之墙。

星期日，能遐想出所有可能性的卧室呀，
绿的风漫过窗帘。我和影子，影子和我，
壁灯和壁灯，没谁知道，
最孤独的人
偶尔也会沉浸于邻家小提琴的晚祷中。

桥上有风

桥上有风。菖蒲绿过黄河的源头，
腹部，以及这里。
我们，一行人缓缓经过，
队列整齐，像岸边赞美八月的柳林。
阳光金黄，树影晃闪，
河水拖慢腔调，接纳着尘世万物的偶然，
短暂，温暖。
远处的蔚蓝，正消受着寂静，
我想起她，在河南，
独自一人，有着和这条河一样曲折的
经历和深沉的母爱。

僻静的晚年生活

我学习着风拂过露珠的轻柔，
缓缓拉合她的窗帘，
清新的月亮隔帘相望，
像最恰当的思念，来自我远方的兄长，
她的长子。
这种温暖，遍布她梦境，
一棵桂树，倚在深秋臂弯。

我不过是完成她的叮嘱，
深夜过来看看，
关掉顶灯，拧开小壁灯，
电视将整夜开，若胆小的星辰，
一闪一闪向另一颗传递讯息，
她借此来抵抗，
抱枕上，无数黄叶僻静的晚年生活。

再看一眼被子是否服帖，
我就要关上门，离开她，

回归自己的书本，也可能会写一首诗。

写什么呢？杯子路过客厅的茶几，

水流被时间阴影说出，

印入墙壁的镜子，而月光怀抱慈悲，

缓缓披在所有人身上。

他的临别之际

昏睡。他身体的大部分时间，
都在经历陡峭的秋天，
灰白的皮肤屑，叶子大片地飘下，
——他神游，捡啊捡，
小心翼翼，那双老北京布鞋，
踩出沙沙声。

偶尔，他会睁开双目，望向我，
再停顿，化成无声的关怀。
（做了气管切开手术，就没有再开过口）
他思考什么，我不知道，反正是，
与混乱的世界，隔离开来。
——许多过去的场景被他再剪辑，
天花板上映。

他好像是我童年时，雪地上跌倒的
那轮不会喊疼的落日，
无边黑暗，就要终结厨房弥漫的饭香。

——坐在床边，将至的告别，可以清晰预见，

说什么好？如果祈祷有用，

我愿意一试。

我看着他从挣扎，绝望，

到安静。他把自己修炼成一个神，

在痛苦面前，保持一家之主的尊严，

他听着母亲，端来食物，

注射进脆弱的胃，这一刻，

他不会掉头离开。

他在慢慢衰竭

黄昏每天都会如约而至，他的咳嗽，
却没有规律。床头的吸痰器，
是矛盾的产物，它一面
刺激咽喉，生成新的液体，
一面抽走浓痰，带来短暂的舒适和生机。

随着管子深入，他咳嗽，
大颗大颗的星，冲出浩瀚的眼眶。
管子拔出，
他才安静下来，刚才的流星雨，
似乎是未曾发生的气象预报。

我或母亲会快速地拿纸巾，
擦掉管子上的残留物，
把白色的泡沫丢入垃圾桶。
他躺着，咽喉上的钢管，
被一片轻飘、干净的纱布重新遮住。

他的身体插着几根管，分别通向

胃、肺和膀胱，仿佛一条条河，

汇聚向生命的源头。我知道，那并非延续，

将一点点收缩，耗干剩余的精力，

他已去日无多。而我的来处，也将随之消逝。

城市被鲸鱼拖向很远八首

或许，落叶积得不够厚

我以为可以望见，
赵定河涨满水，城市被一头鲸鱼，
拖向很远，乌云一朵也没有浪费，
做成卧室的窗帘、床单，或蕾丝的胸衣。

回过神来，我会想一想，
透明的蜻蜓，穿过小雨叮叮的叩击，
落在你的肩膀。然后，彩虹就要降临会客厅，
唔，多么迷人的光亮！

——或许，落叶积得不够厚，
我们曾经远隔，现在依然苦恼，
又有些不太一样，微小希望从茶杯的余温，
带来意外的欢喜。

纪念一个早晨

睡到一枚叶子里去，我们
早晨的露珠，多么轻软，
说它是枕头，又是薄被，
抱着，被抱着，
感觉都好。

这颗露珠，它是食物、
果汁，是镜子反射的曦光，
白云透明的小脸蛋儿，是什么都对，
——只要我们相爱。我们
在叶子里私语，说什么就是什么，
做什么都愉悦。

看呀，眼睛里的杏花、
樱花、玉兰，全都不管不顾地开，
谁也不睬。我们栖身的叶子，
是唯一独立的小小星球，在那些消失的街灯尽处。

惊蛰

深夜还在为是山杏还是桃花伤脑筋，
雷声就响起。好像走进的邮件，
自己按错了门铃，好像故人，
隔空叫了一声名字，
却不见人影。

是，许多花草都不是我的，
深爱的人，不是我的，
隔着玻璃窗，
隔着长夜中惊醒的水珠，
小虫子啊，眨一万次眼睛，
也不是我的。

这些，比春风不辨杏花桃花，
更惆怅——可是，柔软如青泥的小念头，
我对这个尘世的珍惜，
从未减负过。

呀，许许多多的雨，

在说与谁听呢？

故人只呆望着天井，不说话，

我也不说话。

致青春

最见不得告别时刻，
那比落日还短暂的美，开始强烈震颤。
河边长椅空空，风吹过，
流水声，没有丝绸肌肤的质感。

作为一个在黄昏模仿植物，
摇曳步履的人，正在通过一座盛极至物哀之桥。

失去

想起黄昏，经过的房子和田野，
还在原地沉默着，像一张旧胶片。

想起另一个我，也定格在那刻，
定格在被光环抱的绿色的年纪。

想起风，曾静静停留在
正翻阅书页的手指，我以为，风的惯性。

但，也许是发抖。以上幽微的细节，
都不能重来，或改变。

就要天黑了，什么最不能回忆？
父亲在病床上拍摄的照片。那是我第一次遭遇告别。

中年

昨晚，诗人们讨论起慢跑鞋，
以及膝关节的爆裂。他们从黑暗进入中年。

这也是我唯一的入口。身体像一枚长钉，
扎疼自己，蜷缩于吸顶灯的呼吸下。

一天的家务和工作早已做完，什么人
能让我的思维忙碌起来？

咸的空气在持续。忍不住低头摸摸膝盖，
所幸，还很健康，我长舒了一口气。

午后

阳光在我们之间游动，
明亮，温暖，
好像走进内心深处，
拐了几个弯，
欲脱口叫出，又犹豫着，
要永久私藏的，一个人的名字。

齿唇满是芬芳。哦，这美好，红叶琳琅的
中原大地的初冬。

她有颠覆云层的美貌

黑色的雨想下哪里，便去哪里，
哪里都是签署过地契的宅院和花园，
我是个偶来人间的借宿者，
有时候也是逃兵，落单的囚徒。

不能否认，无数个相似的夜晚，
大风，我长久的敌人，落叶是，雨也是，
他们来自古老的家族，
引导我终日惶惶，诵读光阴的长句式。

对，没错，这无限长的一句，
没有标点且永不消逝，
我终将成为，其中循环的那部分，
作为消耗品而存在。

我的一生那样短，且暗淡无光，
不仔细翻查族谱，再患近视、散光等顽疾新病，
根本看不见，看不见。（唯有闹钟和空气，

对待贵族和平民的态度很公平)

并非抱怨，我就是这样一个人，从不惧怕
宿敌似的黑暗，却对追赶而来的墙壁想入非非：
年老的女人们争先恐后成为星辰，
我爱过的不识字的外婆，有着尖锐的颠覆云层的美貌。

闲聊过的那只蜗牛八首

谷雨

算来今日之后，万物会与春宵生离，
于我于她，是好事，坏事？
此间晚照啊，此间杨柳，陷在悔恨中。

闲聊过的那只蜗牛，仍停留在
木椅的缝隙，被暮光抱着；我软弱单纯的朋友，
被迫结束了平静的生活。

我竟惆怅暗生。蛙鸣不合时宜地响起，
微风一遍遍推走浮萍，众人散尽，
月亮纯洁得没有意义。

今宵之旷野

稍等一小会儿，

只要一小会儿，

尘世的第一缕晨光，会把我们

欢快的影像，嵌入你家门前白梅花

那颗友谊般清透的露珠里——

此时，窗外有明月高悬，

星辰尚未退潮，

凝望久了，顿觉人隔千里，

花落花开，于江西河南，

只是，须弥。我们，唯有写诗，以寄早春，

唯有轻云，可托浮生。

过一小会儿，太阳驾着马车呼啸而来，

你站立的地方，今宵之旷野，

将变成鸟儿们的集市，

还有什么俗事，值得烦恼？

春夜扔掉了寂寞的外衣，

千万不要披上它呀——

草木知心

流水一开口，
就是忧伤。风缓缓经过，早春的河，
抬头，青天空阔，
柳色与草色，恍如旧事，
淡淡不可言说。

嗯。时光里，我们从未相遇，
两城飞絮，忽南忽北。你看，岸边行人二三，
茫茫然，低头赶路。

只有我们啊，草木知心。我给你拍
迎春，小小的花，
在水边。高高的枇杷树，
从南方移居而来。

我喜欢遥远的未知的事物，
也曾想象过，你站在街角，像一棵木讷的树，
只是眼前，

白太阳在树梢悬着，幽微的叹息，

被一只燕子衔走，你要收留它——

早春密码

鸟啼声很轻盈呢，
它们在唱歌？
我深信，这个世界，
所有生物都有属于自己的名字和语言。

此时，你一个人行走在春日山涧，
小径拐角处，像一朵云，
倏一声，飘过去的吧？

而我的窗外
春来迟。天空干干净净，
地面上迎春开了，同是小黄花的
连翘，还待字闺中。

树木们等了漫长的一季，盼着，想着，
心心念念地要开花，开花，
这种迫切的心情，身处南方的你，
未必能体会更深。

只是，你拾到的，

松果多好看，层层的瓣，

散发着清香。寄我吧，

寄我吧！让它带来另一个空间的密码。

胖月亮悄悄坐上屋檐

你喜欢于荒野望月，
听松风阵阵。我则四处寻山问水，
只为山河一笑，四顾无人时，
幻想被引力波牵引着，穿过银河——

原来每个天体都是孤独的呀，
你看，胖月亮已悄悄坐上屋檐——

雨

未知的细碎生活，

如这场雨，

被我幻想得很温情。

比如我们在小厨房，

洗菜，淘米，

把鸡蛋打进透明的容器，

转着圈儿搅出泡泡。

这个时候呀，

我要从后面抱着你，

不说话，

多少人行走在窗外的雨中，

有的撑伞，

有的湿润如一朵杏花。

我看见风削薄云团

黑夜不是我的手足，是心脏，
漆黑的、无边际的、不会跳跃的心脏。

我每天都沉默，坐在绝望的湖边，
水面死亡一样平静，没有一只飞鸟抓起涟漪，
没有一粒星引来光亮。

我看见风削薄云团，像这个初秋，
木叶刺伤手掌。

你不知我理想如星辰，
孤寂如湖水，
不知我爱你时，全世界是你——

他就是我的父亲

神秘的光闪烁在身体里，
绽放成秋夜天空。思想幼小如一粒种子，
等待血液浇灌。

我无法踩着眼前高大的梧桐，到月亮上，
到另一个星球去，
未知的遥远令人恐惧，更怕枝枝叶叶搭建的浮梯，
风一吹，就把我晃倒，坠入回忆底层。

——而那个人，不曾回来过。他睡在银河之上，静寂
如一盏灯，
他创造出永恒的时间，并把它建造成宫殿，
让黎明住进去。